歌集

流れゆく時と共に

ALONG THE LAPSE OF TIME

家門正

青磁社

序　繊細なタフガイ

江戸　雪

大阪倶楽部で月に一度開かれる短歌部例会で家門さんとお会いするようになって六年が経とうとしている。口数はそう多くはないけれど自作のみならず仲間の歌にも真摯に向き合われる家門さんの熱誠のおかげで、短歌部はいつも静かな興奮に包まれる。部員の皆にとって家門さんは頼れる存在なのだろうと感じる。

このたび、待望の歌集『流れゆく時と共に』が刊行される事となった。家門さんの歌が大阪倶楽部の短歌部の外に出て、その魅力を多くのひとが存分に味わえるようになることを心から嬉しく思う。

大雪《たいせつ》の森林限界越えゆけばカムイミンタラ吾も遊びぬ
向き合いて真理見つめる怖さから吾のゆく道みち草ばかり

この二首は、ひとりの人間の明と暗を映し出している。

北海道の大雪山を詠った一首目。万年消えることのない雪、雄大な湖や滝。そこでしか生息しない昆虫や植物。そのあまりにも神秘的な空間をアイヌの人々は愛し、畏敬をこめて「カムイミンタラ」（神々が遊ぶ庭）と呼んだ。その神々が遊ぶ大自然に自らも分け入り、神々とともに踊ったりして遊ぶ心地をおおらかに詠う。この歌にはどこまでも強く明るい魂がたしかに存在している。

一方で二首目は内省的な歌だ。「真理」とは厳しいものであり、ついついそこから目をそらしてしまう。結果、思わぬ遠回りをしなければならなくなった。そんな苦い記憶が呼び起こされている。「吾のゆく道みち草ばかり」にはしばしば立ち止まり過去を自問し続けている姿がある。

このように家門さんの歌はときに繊細さ、ときに豪放さが顔をのぞかせ、そのギャップに瞠目する。いや、ギャップとは私の浅はかな思い込みで、繊細さと豪放さは相対するものではないのだろう。細やかな配慮があっての思い切った行動にこそ人は魅了されるし、あるいは豪傑な人ほど自分を見つめる細やかな心をもっているものなのだ。家門さんの歌は、そんなことも気づかせてくれる。

＊

世の歌人たちは折りに触れ歌を作っているわけだが、一首になるまでに踏むステップはひとりひとり違う。たとえば言葉から喚起されて詠う歌人もいれば、誰かに向けて詠う歌人、自然だけを詠い続ける歌人もいる。

家門さんはというと、テーマを見つけてそこから詠いはじめる歌人なのだろう。そのテーマは大きく二つあると思う。そのひとつが「場所」だ。青春時代を過ごした京都、そして沖縄や津軽、滋賀、東京などが挙げられるが、なかでも冒頭に挙げた歌のような北海道の歌は特にいい。

紋別の海覆いたる流氷の白き彼方は空に溶けゆく
リラ冷えの札幌発ちてオロロンの道を焼尻、天売へ向う
チャレンカの伝説まさに真なるか神威岬の風の荒さは

一首目。北海道北部の紋別には冬になると海流にのって流氷が押し寄せてくる。オホーツク海を覆う流氷。遠く目を凝らしてみても空との境界を見定められず、迫ってくるような白をひたすら堪能しているようだ。

二首目は五月の北海道だろう。寒の戻りを本州では花冷えと呼び、北海道では「リラ冷え」と呼ぶそうだ。その頃、日本海オロロンラインを札幌から羽幌へ北

上し、そこからフェリーで焼尻島と天売島へ渡る道中。まるでロードムービーのように楽しめる一首である。
三首目の「チャレンカの伝説」のことを私はこの歌を読んで初めて知った。日本海に突き出す積丹半島。その先端の神威岬は義経との悲恋のため海に身を投げたチャレンカの恨みの伝説があるそうだ。荒ぶる風を身に受けとめて、遠い悲恋の伝説をおもう優美な歌である。

帯 広
輓曳《ばんえい》の重き橇ひく馬愛《かな》し吾の五十代《ごじゅう》の坂と重なる

釧路港
舷灯に浮かべる白きキリル文字さいはて港に蟹運び来る
気あらしの湧き立つ町に留まりて冬の挫折を見届けたくも

家門さんが北海道を好んで詠う理由を聞いたことはない。しかしこのような歌を読むと、それが何となく分かるような気がする。

帯広の輓曳競馬の一首目では、橇をひいて懸命に走る馬の姿への自己投影がある。さらに釧路港の二首でも、厳しい自然をかき分けながら舷灯のなか蟹を運んでくる船を眺め、辺りの幻想的な「気あらし」を「冬の挫折」と呼んでいるのも、どこか厳しい寒さのなか生き延びようとすることへの憧れがあるように感じる。極限のなかで開拓され成し遂げられていくもの。それは家門さんの人生そのものであるかのように思える。しかもそれを押しつけがましく詠うのではなく、あくまでも北海道の厳しい自然への視線のなかに滲ませている。

「場」というテーマのほか、もう一つのテーマは「酒」だ。

十六夜

いざよいてそっと差し出す盃になみなみ注がれ又月見酒
新年を慶ぶ酒の旨さかな家族揃いし宴《うたげ》にあれば
不確かな明日を思えば今宵飲む酒の苦さの募りゆきたり

一首目。「いざよう」は進もうとして進まないことで、十五夜の満月に遅れてためらいながら月の出る十六夜を「いざよい」と読む。躊躇いながら差し出した盃は、もっと飲めというごとく満たされ月見の酒は終わることがない。心も盃も豊かな歌だ。

二首目では家族が集う正月の酒を慶び、三首目は先行きの見えない夜に飲む苦くも旨い一人酒の歌である。

このように、家門さんの酒の歌はさまざまな趣向が凝らしてあり、読者を飽きさせることはない。短歌部例会への提出歌にも酒の歌が含まれていることが多く、たまさか酒の歌のないときは会員から「今日はお酒の歌がありませんね」などと声を掛けられているのも微笑ましく楽しい光景だ。

かの人の水茎ならば尚更に封を切る間ももどかしきかな
立ち止る妻に小さく手を振りて光輝くオペ台に臥す
掌《て》に受けし六花《りっか》儚く消えゆくは幼き日々の初恋に似て
哀しきは一合の酒減らし寝て夜半の目覚めにもの思う時

ジグザグに心裂かれる思いあり一人グラスに赤き酒注ぐ

いよいよ紙幅が尽きてきた。

いまあげた五首は、私が独断で決めたテーマ「場」と「酒」には入らないけれど心に染み透るいい歌だ。

見覚えのある筆跡に心踊らせ、手術の前には妻に小さく手を振り、雪の儚さには初恋を思い出す。また、眠れない夜の物思い、心がざわめき苦しいこと。これらの歌に、実直で少しロマンティストである家門さんの隠しきれない人柄を感じるのである。

さて、私の出番はそろそろ終わりだ。そこで最後にひとつ付け足しておきたいことがある。それは構成のこと。一冊の大半を占めるⅡ章のタイトルは「昭和生まれの独り言」。そこで人生をくどくどと語るのかと思われるかもしれないが、そうではない。そのことにも注目してほしい。春夏秋冬に分けられた構成はすっきり鮮やかで潔く、この歌集の佇まいが家門さんそのものであるように思える。

「ダンディ」や「タフガイ」ともに遠くなり一人酒場でバーボン呷る

この巻末の一首は、深く響いて胸を去らない。

時代は移り変わり、「ダンディ」や「タフガイ」でありたいと言葉にすることすら笑われてしまいそうな昨今である。それでも守り続けてきた矜持を譲るつもりはない。バーボンに喉を熱くしながら、これからも実直に熱く生きていこうと誓っているような背中をいつまでも信じ見つめていたくなる。

この歌集を読み終えた読者は、家門さんと酒を酌み交わしたり、海からの風を共に受けたくなるのではないだろうか。それと同時に、『流れゆく時と共に』というタイトルが家門さんの人生への大いなる決意であることに改めて気づくことだろう。

流れゆく時と共に＊目次

家門 正歌集

流れゆく時と共に

I

流れゆく時と共に

大阪倶楽部合同歌集『あかね雲』（平成二十五年発行）収録編

春

降りかかる火の粉払わず身に浴びる病魔恐れる齢となれば

円山の枝垂れ桜の枝振りにわが身重ねて春は過ぎゆく

紺碧と群青画す水平線濃緑《こみどり》の島黒き船ゆく

紀伊は早や春の移ろい柔らかき日差し吹く風菜の花畠

向島百花園

ふっ切れぬ思いを胸に百花園「ヒトリシズカ」と対峙する午後

一条戻橋

あの頃に戻れるものなら戻橋蛇の目差しかけ二人で渡る

山々の木々のみどりは萌えたちて春はぐいぐい迫り来たりぬ

京おどり

遠き良き昭和還らず粉黛《ふんたい》も過ぎゆく春のひと時の夢

宇陀　仏隆寺　千年桜

千年の時経て気高く咲き誇るもちづき桜の花の勢い

ただ一途ぶれずに行かんと思えども利己に偏《かたよ》る心悲しき

夜桜に勝れるものは花冷えの夜におでんと熱燗徳利

あんな事またこんな事あったねと桜咲く夜の思い出話

夏

樽前山《たるまえ》の黒き緑の山肌に雲と見紛う頂の雪

川床《かわどこ》にあれば早瀬の白波に盃伏せて酔いを止《とど》める

詠懐《えいかい》の重く進まぬ夜半にあり琥珀の誘い酒壺《しゅこ》を引き寄す

行基図に定規コンパス当てながら邪馬台探す眠れぬ夜半に

それぞれの名を持ち競い咲き誇る花に礼文の風吹き渡る

富士の名に恥じぬ姿を見せんとて霧雲払う利尻の山は

提灯の灯《あかり》に映ゆる抜き襟のうなじ恋しき山笠の夜

送り火を待つひと時の暗闇にふと触れあいし手の暖かさ

借景はかくありなんと山みどり庭のみどりに溶け合うみどり

六道珍皇寺
精霊を招く鐘の音尽きもせず行こか戻ろか六道の辻

札幌きたらホール
耳少し遠くなりたる今にありコロラトゥーラを心地良く聞く

秋

定山渓温泉

春の赤夏の赤にも無き秋の赤を愛でいる観楓の会

雪虫が雪呼ぶ頃のななかまど色鮮やかに湯煙に映ゆ

歌心萎えたる宵は牧水を口遊みつつ手酌酒飲む

他人事《ひとごと》と思えぬ病の友見舞う帰路の居酒屋言葉少なし

過酷なる運命に散りしひめゆりの乙女子《おとめご》は皆我等同胞《はらから》

三線《さんしん》の音色が誘う泡盛の酔いが背な押すカチャーシの輪へ

トドワラの立ち枯れ松に吹く風は樹々骸《むくろ》のレクイエムかな

かの国の仕打ち悲しや納沙布の岬に立ちて島を見る時

きのう死と向い合いたる恐山きょうは大間で鮪たらふく

稲佐浜赤く染めにし冬陽落ち肌寒さ増す神在の月

冬

札幌

根雪にもならず溶けゆく雪塊《ゆきくれ》にブーツ汚しつ大通り往く

聞こえるはソーラン節か海鳴りか花田番屋の居間の日溜り

紋別の海覆いたる流氷の白き彼方は空に溶けゆく

春来れば消えゆく運命《さだめ》知りたるか此処を先途と流氷が鳴く

金剛《こんごう》山の樹華哀しや陽の光浴びるがままに涙となりぬ

赤間神宮

一門の墓前に捧ぐ横笛《ふえ》の音の透き通りゆく海風の中

関門トンネル人道

幼帝の眠り給いし龍宮の下ゆく隧道徒歩《かち》にて渡る

風に舞う暖簾小粋に潜る人逢魔時の木屋町辺り

洛中は比叡颪の吹き溜り寝覚め朝底《あした》冷えの朝《あさ》

鴨川の風に思わず首竦め頷き合って暖簾を潜る

II

昭和生まれの独り言

春

卒寿なる吾が師訪ねる国東《くにさき》は菜の花舞台に桃のくれない

昭和の日

雑草という草はないものと教え諭しし人ぞ懐かし

人の世の乱れを糺す神の意志かこの地震《ない》津波の起り来たるは

八百萬の神の試練の地震なれば大和心《こころ》一つに耐えて忍ばん

呵責なき津波無辜の民さえも掠攫いてゆくは誰が謀らいや

奈良　宇陀　又兵衛桜

背に負いし桃の花色濃きゆえに又兵衛くすむ宇陀の夕暮

京都　霊山護国神社　二首

龍馬の命を断ちし小太刀見るその凄まじき刃こぼれを観る

今の世に何故生まれ来たらぬか若き志士らの高き理想は

島原「角屋」

「元禄の塵」を見たいと巧みなる友の誘いにいそいそと乗る

白川の流れゆくまま流れゆく勇の想い晶子の心

神在の月に訪いたし玉造八百萬神と湯浴みせんとて

雪に耐え寒風凌ぎ花芽吹く白木蓮のすっくと立てり

狭庭べの白木蓮の一もとは今年も健気花纏いたり

立春を過ぎて大雪襲い来る壊れゆくよな日本の季節

晩春に雪降り来たる北国は弾ける夏へと身を屈めいる

リラ冷えの札幌発ちてオロロンの道を焼尻、天売へ向う

短歌《うた》を詠むきっかけ得んと診療を待つ間に『赤光』拾い読みする

彼の人の優しさのみを伝え来る春の陽射しの籠もれる墓石

ノルウェー沿岸急行船　二首

忽ちに天空覆うオーロラは星を纏えるヴェールとなりぬ

聞き知らぬ言葉もオーロラ讃えるか朝餉の卓の賑わいている

欧州最北端ノール・カップ岬

欧州の北の果てなる岬には春未だ遠し鈍色の海

これよりは伝説となる話題持ち花に埋もれる友の死顔

今少し為したきことのある吾を友よ誘うな冥府の道へ

支笏湖の風に誘われ丸駒の湯につかり来る山桜花

伏見　墨染寺

友の死を悼める吾に寄り添いて薄墨に咲く桜愛《かな》しも

時として宿世の業《ごう》に流される桜散るごと吾散りたくも

青森　弘前城公園

頬に触れ袖にも触れる八重桜「桜狩り」とて散らしゆく人

松前　高徳山光善寺

松前と吉野を結ぶ伝説の血脈《けちみゃく》桜の淡き紅見る

五十回咲いた桜の散る前に母の法要糠雨の中

玉蘭は玉蘭なりにそれなりに桜咲くまで春を彩る

一掃きや二掃きもしつつ登りたし落花の階段《きざはし》踏み惑いたる

静内　幅二十間・長さ七キロ直線桜並木

二十間道路の桜散りゆけど心に花咲く北の都は

君逝きて都おどりを誰と見ん花見小路の風冷たかり

四季うつる舞台に目をば凝らしつつ茶を点てくれし舞妓探しぬ

実の一つだになきぞかなしき
やまぶきを囲み柿・栗・山椒と植えたる亭主の心意気はや

痴の海を漂わずして彼の岸へたどりつきたや老いにしあれば

二度三度同じ話はせぬと決め寡黙なる午後春風の吹く

花時にあれば無情の雨なれど今宵この雨夏恋うる雨

さんざめく光の粒子照り返し夏はすぐそこ大川のほとり

散り初めし花に託する想いあり卯月朔日靖国詣で

雨傘の雫を払う軒先に秘湯の宿の提灯ともる

継体天皇陵

この国の礎きずく夢のあとすめらみことの陵を訪う

清しきは短歌《うた》詠む心おのがじし足掻き苦しみそを詠む心

青春の夢のかけらをあれこれと持ち続けたし八十路越えても

切り通し祇園の小店八寸の旨き小鮎にまた出合いたり

あの酒場《バー》もこの居酒屋も休業の知らせと共に桜散りゆく

この春は第二ボタンのやりとりや白線ながしの行く方知らず

コロナなど何処吹く風と晴れ渡る立夏の空に舞う鯉のぼり

六甲の峯駆け上る水蒸気春を知りたるお山の息吹き

咲き誇る桜のもとで末弟はひとり彼岸へ黙してゆけり

老い先の短き吾にはウイルスと妥協望まぬ折り合いが善し

向き合いて真理見つめる怖さから吾のゆく道みち草ばかり

一月も経たぬに混沌《カオス》の懐かしく産寧坂に阿闍梨餅食む

夏

初盆の夢の枕に立つ君に涙溢れて言葉交わせず

利尻行フェリーに並ぶ夏休み冬場は欠航多しとぞ聞く

チャレンカの伝説まさに真なるか神威岬の風の荒さは

紅い灯に誘わるるまま蛾となりて今宵さまよう木屋町あたり

半夏生に蛸食む習わし守りいし母はあらねど季節めぐり来

焼鮎が跳ねる姿で盛られ来る塩で流れを描く小盆に

貴船神社

浮かび出る文字に一喜一憂する孫らに倣いて老いの水占

ひとまわり小さくなりて背をまるめ臥したる継母《はは》の眸のうつろ

立秋を過ぎた夏日に継母逝きぬ夾竹桃の花の盛りに

息潜めくぐり抜けたる人の世は柵《しがらみ》切れぬ茅の輪くぐりぬ

形代に書きて流せる病名は医学専門用語とするか

不揃いの木樽軒端で風を受く鮒寿司仕込む季節《とき》来たるらし

山寺　力こんにゃく

蒟蒻の力も借りた杖持ったいざ登らんか千十五段

岩にしむ声聞く憩いとりもせず「せみ塚」仰ぎ息急き登る

木漏れ日を集め吹き抜くこの風は深き蔵王の青き息吹きか

奄美大島

離島には苦しきことの多からん七日七夜の踊りありても

日本のゴーギャン　田中一村記念美術館

紬糸泥にまみれて染めあげる奇才が描きし「アダンの海辺」

短か夜の思い断ち切る名瀬港風に吹かれて千切れるテープ

友二人槍ヶ岳へと送り出し一人ロビーで苦き珈琲飲む

稲妻の度に方角見定める山に入りたる友のありせば

山小屋の友らの食事を思い遣り吾も今宵はカレーとするか

長崎　軍艦島

朽ちゆくも歴史誇れる島を見る吾の来し方いとど小さし

片袖と裾を濡らして帰り来ぬオランダ坂の雨と沫に

那珂川にネオンぽつぽつ浮かび初め夜風は誘う屋台通りに

捌かれし己の不運怨めしげイカは眼を剥き足蠢かす

博多　河太郎

大雪《たいせつ》の森林限界越えゆけばカムイミンタラ吾も遊びぬ

カムイミンタラ＝神の遊び場

柳の葉魚に変えたる神御座《おわ》す緑妖しき森をさまよう

緩やかに弧を描きたる水平線地球岬の切岸《きりぎし》に立つ

神代なら毛曽呂毛曽呂に四島を根室あたりに引き寄すものを

黄金崎　不老不死温泉

不老などまして不死など願わぬが今浸りいる不老ふ死の湯

大の字が雨に滲んだ洛中は御霊《みたま》を送る悲しみの町

ウィーン少年合唱団　きたらホール

澄み切った少年の声「花は咲く」肩ふるわせて泣く人のあり

栴檀の根元に蟬の骸あり蟻も集《たか》らぬ灼熱の午後

刻まれし文字丸くなる墓石あり吾の行く末君はどうする

鹿屋に咲く大金鶏菊

君を悼む黄色い花をいつからか特攻花と人は呼びたり

還りたい君の黒髪長き頃賀茂の亀石跳んだあの日に
風になり君の御霊は舞いて翔ぶ天空高く雲携えて

すすきののネオンのキングにんまりと笑みのこぼれる水無月となり

ライラックの咲き誇れるをそれぞれに愛でる異国の言葉飛び交う

明善寺　北限のあじさい寺

あじさいの色の移ろい急かすように俄か雨降る明善寺かな

花言葉「移り気」なれどハート型あじさいの色変わらずにあれ

四季彩の丘のうねりはフォーヴィズムの絵画となりて夏真っ盛り

縄からみ固き絆で鉾建てる室町通りの風無き夕べ

今吾の生きている世は濁世かも猶明々と照らせ大文字

両《もろ》の手で支え持ちたやうすべにの崩れゆくかのぼたん一輪

宇治十帖

宇治川の激しき瀬音いにしえの恋のあやとり知るや知らずや

打ち水の消えゆく早さ人影もまばらとなりぬ石塀小路

かろうじて辿りつきたる緑陰も蟬の声なきこの油照り

十年《ととせ》なる時の狭間を埋めるごと銀座八丁つよき雨降る

香りたつキリマンジャロのその向ういつも君いし木屋町「ソワレ」

骨切りのリズムかろやかハモ落し漸《ようよ》う京に夏始まりぬ

湧き上る入道雲をことごとく受け入れ広し北の天空

先行きの見えぬ濁世の道しるべ中天の月今宵は大文字

びわ湖花火大会

あの色はストロンチウムにマグネシア化学記号の弾ける夜空

F15飛び交い保てる平和など危うきものよ沖縄の空

人の密避けて訪いたる祇王寺の青葉もみじの密に身を置く

あなたとはいつもソーシャルディスタンス縮める術の吾知らなくに

「しばらくは元気でいてね」のしばらくの期限知りたや盆の風吹く

様々なマスク手に取り比べいる命の値段かくも様々

秋

眠剤を飲むも眠れぬ夜半なれば雨垂れの音を懐かしく聞く

東京　水上バス

違う風ふと浴びたくて隅田川浅草目指し水面分けゆく

東京スカイツリー

ジャパンアズナンバーワンと謳われし頃への回帰ツリーに願う

震災後を上空より見る

ひと一人救えぬ吾の悲しさよ真澄に晴れる東北の空

定山渓温泉

ひとひらの紅葉散らせし竜田揚げ観楓の宴の彩りを増す

ゆかしきは和風旅館と思えども立居振舞い老いの身に憂し

秋篠の指嫋《たお》やかな伎芸天汝が技伸ばせと励ますごとし

いずれ散る紅葉と吾が身今はただ夕陽に映えて煌めきている

寺町は三条下れば四条まで寺なしされど旨き寿司あり

うたかたの恋にもならず今はただはんなり言葉を聞きて癒さる

かがり火の稲佐浜より神宮の警蹕《けいひつ》絶えぬ神迎え道

マドンナの訃報伝えるメール来ぬ消去し難くしばし見ており

八雲立つ　須我神社

倭歌《やまとうた》出雲の国が始めなりあらぶる神の詠みしかの歌

大阪倶楽部百周年

激動の昭和耐え抜き大正の浪漫ゆかしく聳える館

舞鶴港　二首

国護る気概如何にと鎮守府に吾らの盾なるイージス艦観る

手を振れば挙手礼返す「みょうこう」の乗組員の眉の凜々しさ

パリ　オペラ座　少年少女合唱団

人の世に天使の声のなかりせば今レクイエムに其を聞きいたり

正面に拝むみかえり阿弥陀さま拈華《ねんげ》微笑《みしょう》を吾は信じて

十五夜

人生に何か大きな忘れ物して来たようだ月の陰みる

函館　啄木一族の墓

何事も過ぎ去りし夢墓碑建ちぬ立待岬の風さわやかに

「恨」一字国是となせる国ありて民はいずこに流されゆくや

ハングルの少し解りて悲しきは吾らを蔑む言葉聞く時

日高

胸を張り首まっすぐに速歩せる若駒デビューは来春とかや

台北

今更に何占うや行天宮夕闇の中足ばやに去る

台南

南国にあれば心も弾みいてマゼンタ色のシャツ羽織りたり

人は人己は己と思いつつ憂きことばかりの秋夕間暮れ

杉苔の庭に散り敷く紅葉さえ覆いかくせぬ祇王の想い

帯広

輓曳《ばんえい》の重き橇ひく馬愛《かな》し吾の五十代《ごじゅう》の坂と重なる

袂なき袖にて雨を躱《かわ》せるや肘笠雨の飛驒路をゆけり

ディスコードありて調べに味増せりショスタコヴィッチ「革命」を聴く

時として大師も欠伸なさるるや御廟に注ぐ木洩れ日あびて

御山より降り来たればおちこちに精進落しの灯のきらめけり

たまさかに心の襞が揺れるのは素粒子吾が身を貫く瞬間《とき》か

朝まだき疲れし肌にさわやかな冷気浴びんと窓開け放つ

忘れ得ぬ人多くある北国に襲い来たれる地震《ない》ぞ悲しき

舞い降りし鶴を立たせる湿原は燃える化粧《けわい》の草もみじかな

ポツポツと亭主《あるじ》語りぬ揺れのこと灯りなき夜や雨風のこと

杉苔の清しき庭は皇女《ひめみこ》の院主なさるる霊鑑寺なり

おわら風の盆　二首

稲作の大敵「台風」の退散を祈るか胡弓の音の沁みる夜

幼子は今宵の夜更し許されてあくびあくびでおわらを踊る

永観堂

放生の池にはらりと舞い落ちて鯉のくちづけ誘《いざな》う紅葉

斎場はグレン・ミラーの曲流れ恩師に供う菊花一輪

白菊を棺の君に手向けたりいよよ別れの時の至れば

廬山寺

神無月半ばとなりてききょう咲きりんどう顔出す源氏庭かな

太巻の干瓢の味しみじみと運動会や遠足のこと

かの人の水茎ならば尚更に封を切る間ももどかしきかな

水茎に秘めて伝える想いをやかすかに匂う白檀の香

夢はただ夢のままにと廻りゆく果たせぬ夢もかなわぬ夢も

あの頃は蒲柳の質と云われしを君が八十路を迎えるこの日

マイ・ウェイを十八番《おはこ》で唄いし人も逝き北の新地も遠くなりゆく

冬

北海道神宮

さればこそ御利益あらん初詣吹雪をついて北の社へ

ふぶいての後の朝明け藻岩山薄墨ぼかしに聳えたちいる

京都コンサートホール

聞きわける耳も持たずにシンフォニーラトビアの音北山に聴く

千本通り《せんぼんどおり》は地獄・極楽分れ岐釈迦に遭ったり閻魔に遭ったり

菜をきざむ手捌きに似て集印の軸に寺僧の筆の早きよ

立ち止る妻に小さく手を振りて光輝くオペ台に臥す

生きてこそ詠める短歌《うた》あり心決め全身麻酔のマスク被りぬ

病床にありて一入牧水の鉦打ちならす旅に出でたし

掌《て》に受けし六花《りっか》儚く消えゆくは幼き日々の初恋に似て

恐山

手のひらの子宝なればなお尚更にこぼれ落ちたる命かなしき

何程もあらぬとばかり雪中に印を組まるる高岡大仏

何をもて衝き動かさるる旅なるか乾き雪降る留萌を訪ね

防寒帽通し地肌に滲み来る増毛の町の風の痛さよ

アラスカ　フェアバンクス　二首

オーロラは小町より魅力なきか五晩通いて会えずに帰る

凍りたる鮭の頭にかぶりつく橇ひく犬のたくましき牙

身の丈の生活《くらし》をすれど災いは防ぐ術なく襲い来るもの

京都御所

今まさに雅やかなるやまと歌清涼殿より聞こえ来るごと

京散歩誘いの賀状届きたる心躍りて軽き靴買う

おのが身の心の澱を捨てんとて吹雪く津軽に三味の音を聴く

じょんがらの叩き三味線バチ踊る胴突き破れ絃《いと》も切れよと

外は雪過ぎ去らぬ過去覆うごと吾が心にも雪降り積れ

孫受験君には君の人生と思えど息を潜め見守る

啄木の北の軌跡を追う旅に小樽の駅で妻の眉見る

凄まじき放蕩さえも垣間見ゆ釧路の町の歌碑を巡れば

龍飛崎舞い散る雪に鎖されて北の大地の見えぬ悲しみ

国道三三九号線階段国道

不揃いの石もて築く階段を渋いの風に吹かれて登る

ジルベスターコンサート　きたらホール

アンコールアンコールとて手を打ちて奏でられたるラデッキーマーチ

大声のカウントダウンと爆竹に除夜の鐘の音聞けぬ年の瀬

あたたかきロビーで御屠蘇ふるまわれ年の明けるを知りたる朝《あした》

節分の豆に追われた意趣返し鬼の三匹暴れ狂える

長谷寺だだおし

酒食らい赤鬼松明振りかざし水かけ僧は駆けまわりおり

雪愛《め》でしかの人いずこふんわりと思い起こせるしろがねの朝

降り立てばいわて花巻ふり積もる雪におぼろの南部片富士

旧渋民村尋常小学校

啄木の故郷訪いたりこずかたの渋民村は「雪やこんこ」と

いにしえの歌人《うたびと》たちが心映え少し知りたく「うたまくら」訪う

多賀城の碑《いしぶみ》たずね旅枕「末の松山」二人して越ゆ

南座に「招き」上れど主なくひたすらに読む悼り口上

禅寺の庫裏にてかくも酒にあう納豆のなにゆえ醸しださるや

不許葷酒入山門

「これ納豆？」驚く友の顔見たく東下りの土産とするか

大徳寺納豆

釧路港

舷灯に浮かべる白きキリル文字さいはて港に蟹運び来る

気あらしの湧き立つ町に留まりて冬の挫折を見届けたくも

境港　二首

せがまれて妖怪住む町訪ねれば繋ぐ孫の掌熱くなりゆく

逢魔が時はや眠りたる孫の夢おとずれ来たる妖怪は誰そ

八十路きて見果てぬ夢と諸共に真っ赤な夕陽となりて沈まん

年忘れ宴《うたげ》の締めのラーメンのアルデンテなる月の夜かな

過ぎし日に美濃路を辿っていたならば思い甲斐なき草津追分

良心にタルタルソースをかけ喰らうメフィストフェレスの所業の果てか

凍て果てる滝坂道の足元のおぼつかなさは恋の行末

ラデツキーマーチの余韻そこはかとアイスバーンの夜道に消える

人生のフィナーレなればクレッシェンドマークつけたきこの朝《あした》かな

鮭網に鰤のかかれる北漁場狂う気候に鮭は迷い子

Ⅲ 酒讃歌

沖縄の旅に出合いて頼みたる古酒《くーす》十二年を洞に眠る

忘れ得ぬ氷雨の祇園酌み交わし酌み交わしたる酒のあの味

底冷えは老いゆく身には辛過ぎる言い訳重ねお猪口重ねる

酒なくも近つ淡海大杯の酒と見たてて鮒寿司を食む

梅雨の夜の盃を重ねる楽しさよ旧き友との話は尽きず

泡茶はビール

湯疲れもゆるりゆるりと解《ほど》けゆく冷たき泡茶喉を過ぎけり

秋寒の夜半に暖とる手段など不自由せぬ世も酒に如くなし

金盞花窄《つぼ》みたる夜は亡き友と何語らんやまずは一献

掃き清め憂きなき日々を願いつつ今日も手にとり飲む玉箒《はばき》

十六夜

いざよいてそっと差し出す盃になみなみ注がれ又月見酒

天目の木の葉そのまま透き見つつ酒を飲みたしこの茶碗にて

魯山人の写しの杯で酒を飲む悲しきにつけ嬉しきにつけ

切子には金箔混じる酒を注ぎ万華鏡見るこの旨酒に

ほろよいて義経伝説聞きいたり夢かうつつか三厩《みんまや》の宿

癌告知受けたる友の知らせ聞き今宵飲む酒苦さが勝る

八塩折りの酒を求めて木次まで来て山の葡萄の酒に合いたり

朦朧と酒に溶けゆく身と心夜の静寂《しじま》をしばし漂う

立ち昇る二酸化炭素の泡はじく音聞こえそう冬至の夜更け

地球軸傾きてこそ四季がある酔いて傾く吾も死期あり

新年を慶ぶ酒の旨さかな家族揃いし宴《うたげ》にあれば

三箇日酒に浸れる日々なれどゆらり揺れいる暖簾恋しき

哀しきは一合の酒減らし寝て夜半の目覚めにもの思う時

ジグザグに心裂かれる思いあり一人グラスに赤き酒注ぐ

傾けるグラッパの杯に半世紀前の屋台のカストリ思う

甲高い声の女性の客ありて馴染みのバーに世代うつろう

至福なり近江の酒の盛り上る杯に唇寄せるその時

ブランデーグラスの縁に指をあて「はーるよ来い」との音色奏でる

ジルベスターコンサート終え年酒待つ宿にそろりと締り雪踏む

白粥と白味噌の汁振舞われ酒飲む下地疾く整えり

焼き上げしイワナに二合の熱燗《さけ》注ぐ遣らずの雨のいろり端かな

伏見にて酒はまろやか女酒そうだ今宵は風にまかそう

不確かな明日を思えば今宵飲む酒の苦さの募りゆきたり

風やみぬ酔いのほてりのいや増せる春が五体に沁みいる夕べ

春雨に濡れゆく齢にあらずしてグラスに残る琥珀色見る

大横川舟遊び

杯に寄り道したるを飲み干せり花の筏となるひとひらを

寒仕込み冷やの二合にホロリ酔う巨きな月を待ちたる夜半は

五十度の古酒《くーす》の酔いに導かれニライカナイは夢のまにまに

「神馬《しんめ》」なる居酒屋恋し京洛にあの日の夢の名残り漂う

変らない電氣ブランを味わいて人種ひしめく仲見世を往く

シードルはイブの囁きついついと重ねてゆけり三杯四杯

昏鐘を「いざ出陣」の合図とし路面電車に乗ったあの日よ

喉元を過ぐる熱燗は胃の腑にてポッと灯りがともりたる夜

新型のコロナ感染予防とてフェイクと知るも熱き酒飲む

夏は其処ミントの香りひさびさにコロナ忘れてモヒートに酔う

ピチピチと弾けるバブル唇に心地良きかなこのハイボール

「ヨイショコショ」淡海節の合の手に君を偲んで飲む「不老泉」

飲みて詠み酔いつつ詠みて寝覚めれば乱れる文字のただ羅列のみ

実山椒の三粒で三合飲みし友逝きて五度目の新ばしり飲む

プルーフの高きラム酒の青き火に「うるめ」炙りぬ一人酒盛り

「ダンディ」や「タフガイ」ともに遠くなり一人酒場でバーボン呷る

あとがき

齢七十才にして認知症予防となるのであればと思い、手探りで始めた短歌創作でした。まさに七十の手習いということでしょうか。まずは見た事、感じた事、その感動を言葉にとどめたい、それが出来るのは短歌であると思い、たまたま当時縁があって入社させて戴いた一般社団法人大阪倶楽部の短歌同好会に参加し、本年で満十二年を迎ました。

この十二年間に同好会の活動として、平成二十五年に合同歌集『あかね雲』が故千代治子先生ご指導のもとで発刊されました。歌集の中で「流れゆく時と共に」の標題で四十三首を掲載させて戴きました。その四十三首を基礎として、毎月のクラブ誌に発表された歌々や、手帖、日記の片隅に書き込んでいたものを、令和二年三月からの緊急事態宣言にともなう自粛生活中に整理、再編集して同じく「流れゆく時と共に」の標題のもと、短歌部在籍十二年を記念して歌集を発刊することに相成りました。

故千代治子先生、現講師の江戸雪先生の素晴しい御指導にもかかわらず、非才の短歌でありますが、私自身の生きた証しとして、御笑覧戴ければこの上ない幸せでございます。

十二年という期間が長いのか短いのかは別としまして、編集中や再推敲を重ねるうちにその短歌を創った時の感動が古いアルバムの写真を見るよりも鮮烈に浮かび上り、状況、風景、またその時に交わした会話まで、一つ一つがよみがえり、しばし懐古の情に浸り、前に進めないような事もしばしばありました。写真で見るより、短歌の持つ言葉の具体性が感動を呼び返す力がはるかに強いことをしみじみと感じることが出来ました。この経験を基として、言葉の持つ魅力を探りつつ、ゴールのない短歌の旅へ心あらたにして再出発したいと決意致しました。

この歌集に身に余る立派な序文を寄せて戴きました江戸雪先生の卓越したご指

導力により刊行出来ました事を心より謝意を表すると共に今後とも宜しくご指導お願いする次第です。

最後になりましたが編集印刷にご助言ご尽力賜りました青磁社代表永田淳氏に御礼の言葉を申し上げます。

令和三年五月

家門　正

歌集　流れゆく時と共に

初版発行日　二〇二一年六月二十八日
著　者　家門　正
宝塚市川面三—一九—一一（〒六六五—〇八四二）
定　価　一五〇〇円
発行者　永田　淳
発行所　青磁社
京都市北区上賀茂豊田町四〇—一（〒六〇三—八〇四五）
電話　〇七五—七〇五—二八三八
振替　〇〇九四〇—二—一二四二二四
http://seijisya.com
装　幀　野田和浩
印刷・製本　創栄図書印刷

ISBN978-4-86198-503-4 C0092 ¥1500E